십이 월의 약속

십이 월의 약속

원교 시집

우리글

시인의 말

꽃씨를 뿌렸다.
말 뿐만이 아니라 손발이 그랬다.
졸고는 비록 어리석고 게으르나,
가만히 생각해보면
가슴 서늘해지는 약속이 남았다.

2024년 가을

차례

제2부

무궁화 꽃이 피었습니다

제3부

사라짐을 위한 기도

졸고에 붙여

제1부

파도가 새긴 점자

파도가 새긴 점자點字

정으로 돌을 쪼듯
슬픔을 쪼았다 하시고
깊이 패일수록
손길을 더 주었다 하시니

반가워라
부딪치듯 밀려오는
파도의 손짓과 발짓

빗물이 쏟아지듯
눈물을 쏟았다 하시고
넘치면 넘칠수록
오히려 반짝였다 하시니

반가워라
일렁이듯 밀려오는
파도가 새긴 점자

나는

… 파랗게 읽었다

… 파랗게 젖었다

케이K – 명태

한때는 태평양이 네 것이었지
지금도 그런지 몰라
이집 저집, 여러 식구 먹여 살렸어
뿐인가, 이 땅 저 땅 산마다 강마다
네 냄새가 흥건하게
흘러 흘러, 추억처럼

토성* 근처 어디라는데
수조에서 너를 보호 중이라는데
죽이려는 게 아니라 살리려는 것이라는데
왜, 하늘이 흐려

– 너는 이제
– 아니 나도
– 너를 창문 밖에서 겨우 바라보잖아

태평양 어디쯤 항해를 하려 해
땅이 뜨거워지는데 바다라고 멀쩡할까
그래도 어쩌겠어, 그래그래

바다라면 노래를 부를 수 있을 테지, 명태~

바다로 향할 때
명예로운 퇴장은 없는 거야
요트도 그래
스스로 물러서는 것이 아니잖아
바람을 뚫고 앞으로 간다는 말이
퇴장은 아니지

명예로운 퇴장은 없는 거야
아무도 족보를 묻지 않지만
이름을 잊어주는 게 친절이지만
퇴장은 아니지

요양 병원 뉴스가 '속보'로 나오고
너는 수조에서 보호 중
죽이려는 게 아니라 살리려는 것이라는데
왜, 하늘이 흐려

– 너는 이제
– 아니 나도
– 너를 창문 밖에서 겨우 바라보잖아

태초에 명예는 없었고 사랑은 있었지
늦었지만 사랑을 먼저 보낸다

떠나온 곳 찾아가자
바다로 가자

쌉쌀한 폭거

'낮술 환영!'

걸음을 멈추게 하는 호외號外
선전 포고 문구가
선술집 유리창에 뚜렷하다

어쩌랴
이 버릇없는 형광螢光을
계획에 없던 쌉쌀한 폭거暴擧를
한낮에 춤추는 침샘을

승패의 빛깔이 따로 있나
위로의 시간이 따로 있나

나는 나답게 투항하리라
고되고 보람도 없다고 생각되는 일들
감정에 질식되는 순간들
나답게 술잔에 채우리라

사양지심(辭讓之心)*의 미덕쯤은
가볍게 잊으리라

* 《맹자孟子》〈공손추상公孫丑上〉

가리비를 구우며

가리비 서너 마리 화로에 올리고
고기 집게 잡은 손이 묵념이다

– 누구 피가 더 뜨거운가
– 누구 생이 더 짭조름한가

삐걱삐걱 노 젓는 어부인지
펑펑대는 불꽃놀이 족인지
입 벌리는 가리비
붉은 속 풀어헤치며 깔깔대는 함성인지
어느 것도 답이 아니고

비릿한 나무 연기 바다로 향하는지
뜨거운 생을 가로질러 달려와
내 손 잡는 가리비
붉은 속 풀어헤치며 쩔쩔 끓는 장단이
내 혀를 짭짤하게 감싸네

바닷가 가리비 목장에서

가리비구이에 무엇을 더할까

내일도 바다의 아침이 붉다면
내 마음, 철썩대는 파도 소리
노 젓듯 손발 저어
내 갈 길 가겠네

암묵 찻집

여러 날 여러 번
왜 사는지 묻다가
애써 지켜야 할
물음이 아니라서

해초와 바닷새 서로 벗하는
어여쁜 청간정*
어여쁜 바닷가에서
암묵에 물드는 수천수만 걸음

할 일 없이

조금도 서두를 필요 없이

가볍게 불어오는 바람의 운율에
오늘을 잃어버린 발길을 맡기네

기다리지 않아도 달려와
춤추듯 몸 비비는 파도의 운율에
외로움이 무거운 어깨를 맡기네

왜 사는지 묻지 않아도
물결에 씻기는 물빛 머리칼
허리 펴고 일어서는 어여쁜 바닷가

나의 눈빛과 손짓은
나의 떨림과 몰입은

온몸에 흐르는 이 곡조를
끝내
한마디 말로 해야 한다면

이것은

여러 날 여러 번
시와 곡조가 서로 벗하는
⋯⋯ 암묵 칸타타Cantata

철학개론 101

"죽이건 밥이건 간에 잘 먹고 잘 싸라."

오늘의 급식에 밑줄을 긋고, 창밖을 보니

꽃씨가 울다가 꽃이 되었다 하고

꽃이 웃다가 복숭아 되었다 하길래

잉크가 마르도록 쓰고 또 지웠어

침이 마르도록 묻고 또 물었어

울고 웃는 게 뭐냐고

풍어제
– 파란 그림

산다는 것은
한 장 그림이라니

색동저고리 차려입은 깃대와
가슴 펼치고 펄럭이는 깃발
뱃서낭기 치켜들고

뱃고동 오고 가는 길목마다
손에 손잡는 빨간 등대 하얀 등대
등불을 밝히고

새파란 마을
새파란 담벼락에
서로가 서로에게 기대는 그림
사람과 사람을 그리네

새파란 항구
새파란 물결 위에

이웃의 경계가 따로 없는 그림
아가미와 지느러미를 그리네

용왕님 모시는 추임새 반짝이면
춤새와 장단이 잘 어울리는 그림

새파란 이 한 장 그림이
산다는 것이라니

습작

― Etude for piano

쇼팽을 사귀었다
귓불에 달라붙는

      쇼팽

사귄다고 사귀는 건 아니지만
직접 말하지 않아도
속눈썹을 간질이거나 어깨를 적시거나
무릎으로 몰아치거나 등골을 적시거나
눈을 감으면

      글이랍시고

입에서 입으로 모이고 흩어지는
철저히를 외치고 철저히를 고백하는
나 그리고 나

      이별인지 해후인지

쓰는 건지 치는 건지
전사의 트럼펫이 아니라도
천사의 미소가 아니라도
장단을 글로 칠 때마다

          무조건 용서하는 쇼팽

글을 배우면서부터

          혹, 나는

습작을 사귀었다

보름밤

그대가 내 이름을 부르면

내 눈빛이 뜨거워져

그대가 내 어깨를 감싸면 이마에 이마를 맞대면

우리 긴긴밤이 하얗게 뜨거워져

뜨거운 술잔

그날도 그랬어

달빛 선명한 발자국

옛날식 곡차 한 잔

눈물이 뜨거워져

사랑해, 그냥 그대로

회사후소繪事後素*

어느 날 갑자기
아주 먼 서쪽을 바라보았네

갈매기
…… 낯설지 않은 풍경

홀로라도 가벼운 날갯짓과
새하얀 영혼의 붓질, 이유 있는 최후의 휴식을
아주 오래 바라보았네

나도 갈매기처럼
낯설지 않은 풍경
…… 새하얀 그림이 되고 싶어

아주 멀리 서쪽으로 걸어가는
어느 날 갑자기

* 《논어論語》〈팔일편八佾篇〉

환기

마음을 열어두면
무엇이 들어오려나

구름이 들어오려나
새가 들어오려나

여울이 들어오려나
물고기 들어오려나

바람이 마음을 채우면
숨쉬기 좋으려나

오늘은 하얀 바람

보려 하여도 보이지 않고

잡으려 하여도 잡히지 않는. 오늘

이런 바람, 바람을 스치는 바람

고개 돌려 파도 소리 쫓는 사이

머리카락 또 가벼워지는. 오늘

가을바람, 모공을 스치는 바람

오늘은 하얗게 걷는 바람

바다

입에서 입으로 전해졌다는
탄생의 신화와
산과 강이 들려주는
까치의 전설과
아이와 아이가 모여 노는
너와 나의 고향처럼
뭉클하게 감싸 안는 두 글자
살맛나는 두 글자

바다

항구의 건배

언젠가 다시 만나자던 항구의 건배. 세상 다 버리고 떠
난 뒤라도 또 다른 생이 있음을 철저히 믿자던 약속. 잔을
들어 바라보면. 하나의 간결한 눈 맞춤과 함께 또다시 가
슴을 붉게 물들이자던. 이것은. 이역의 바람이 그립고. 유
람선 깃발처럼 펄럭이는 가을의 두근거림은 짭조름한 네
눈웃음이 그립다.

추억

음각으로 새겨지는 한 줄 시
– 한 무리 별과 함께 나는 꿈

어디서 왔나
– 불타는 나무의 혼

무엇을 하나
– 소리치는 철새와 날벌레

어디로 가나
– 밤을 꺼내 든 일기장

꿈꾸고 살기에는 하루가 짧고
– 내일은 오늘이 그립다.

발효

코스모스를 베고
몇 줄 시구만 거둔
가을걷이를 끝냈어

먹이를 찾아 날아드는 텃새의 속눈썹과
나무의 못다 한 이야기가
겨울 외투처럼 두툼해져

들어보라고

땅속에서도 손가락 걸던 씨앗의 말과
바람에 날리던 꽃잎과 이파리의 말과
어딘가 흐르는 나무의 속 깊은 노래를
소리 없는 외침을

기억하라고

휴게소

너를 만나기 위해

얼마나 달려왔는데

만나고 나니

헤어짐이 떠올라

낚시

푸른 여름
바다 가다
푸른 손맛
받아 오다

제2부

무궁화 꽃이 피었습니다

지천명知天命*

길어진 밤을 생각해

지금껏이라는 말을

종종걸음 반달을

옹기종기 엉겅퀴를 생각해

끝인가 시작인가

천천히 걸어야만 알게 되는

지나간 여름을 생각해

* 《논어論語》〈위정편爲政篇〉

무궁화 꽃이 피었습니다

내 마음 두고 온 것도 아닌데
무궁화 꽃이 피었습니다
돌아보면, 비가 내리고
비행을 감행하던 아이들
쫓거나 쫓기며 사라집니다

무모한 곡예비행의 끝에서
무궁화 꽃이 피었습니다
등 뒤로 문신을 새기고
척추가 흔들리는 골목길
뛰거나 멈춰서 소리칩니다

어떤 이유로 돌아왔는지
무궁화 꽃이 피었습니다
눈감으면, 다시 비가 내리고
종이접기 하던 기억은
휘거나 말려서 겹쳐집니다

무궁화 꽃이 피었습니다

무궁화 꽃이 피었습니다
무궁화 꽃이,
피였습니다……

엠M 형
– 한잔해요

속이나 시원하게 한잔해요
천국의 문*은 내가 두드릴게요
똑!
똑!

형도 젖고……
나도 젖고……

혼자만으로 살 수 없는 고독을
언젠가 뒤집어질지도 모르는 세상을
하루라도 미치지 않고는 살 수 없는 예술을
이미 벌겋게 달아올라
스스로 뒤집어질지도 모르는 술잔을
똑!
똑!

아침은 두렵지 않아요
얽히고설키고 사라지는
이슬은 두렵지 않아요

형은 술잔을 데워요
나는 호기심을 데우고

*   Bob Dylan, 'Knockin' on Heaven's door'

혼술

　말해 뭐 해. 추적추적 내리는 겨울비를 홀로인 낮달이 홀로인 까닭을 나무가 흔들리는 까닭을 이유 없이 젖는 술잔을 말해 뭐 해. 술잔을 들어. 노래하는 새처럼 고독하지만 아름답게

시집

시집의 첫 장을 넘으려다
손가락을 베였다, 첫 글자에게

시퍼런 칼날 품은
시퍼런 입술 새겨지는 집

시가 나를 모른다고 말하고
나도 시를 모른다고 말하는
사이사이

시퍼런 풀물 든
시퍼런 혈관 새겨지는 집

시시하지도 않지만
시원할 것도 없는
시퍼런 피가 뚝뚝

시집의 첫 장을 넘으려다
눈꼬리를 베였다, 시뻘겋게

기형畸形, 미치겠는 사색

– 넌 생김새가 다르니까 비정상이야
– 눈물은 언제나 약자들의 몫이지
– 역사는 강자들의 것이니까

어이쿠!
내 귀가 왜 이래
왜 이렇게 들리는 거야

천둥소리에도 잘 자던 밤잠을
어느 놈에게 뺏긴 거야

잔인한 독설과 생떼 같은 어리광이
춤추는 소리가 들려

생존과 경쟁의 계보가
눈에 선하게 부어올라

새벽이 제법 쌀쌀해지고
사색이 미쳐서

세상이 미쳐 보이고
신경이 날카로워져

술잔이 마음을 갖고 노는 날에는
방안 가득 분노가 굴러다녀

기형畸形이야
또 사월인가 봐

거꾸로

척, 비싼
척, 진짜인

그래그래
싸구려도 비싼 척
가짜도 진짜인 척
세상이 거꾸로 가니까
말이 거꾸로 나온 거야

그래그래
척!
척!
척하면 척이지
말로 해야 하나

척, 척,

- 그래, 넌 안 그래

말로 해야 아나……

일어나

엎드려 있을 때마다
바람이 겹쳐서 불었다

저기압이 번지고
눈가를 스치는 눈발은 무겁다

이미 떠나간 철새의 둥지에
젖은 바람만 겹겹이 쌓이는데

젖을 테면 젖으라지
그깟 거

쏠 테면 쏘라지!

나는 잠깨어 일어나
나의 함성을 이어가리니
새벽까지 이어가리니

유월의 춤

박하향 박하향!

박하향 넘실대는 유월엔
눈을 감고 바라봐도
누구나 다 아는 춤
어깨가 들썩이는 춤을 추겠네

박하향 박하향!

박하향 살랑이는 유월엔
입 꼬리만 살짝여도
누구나 다 아는 춤
엉덩이 들썩이는 춤을 추겠네

사람과 풀 향기
어울려 흐르는 유월엔

디엠지DMZ
– 철책의 꿈은 숙면이다

철책이 풀이라면, 향 푸른 아이들 뛰어다닐 테지
밭두렁 개나리 겨울을 허물듯, 그가 허물 듯
나도 개나리와 함께 잠들 테지

철책이 땅이라면, 꾸부정 노인네 걸을 테지
논두렁 잡초가 봄을 허물듯, 그가 허물 듯
나도 잡초와 함께 잠들 테지

철책이 미소라면, 감고 오르는 나팔꽃 필 테지
담벼락 나팔꽃이 여름을 허물듯, 그가 허물 듯
나도 나팔꽃과 함께 잠들 테지

철책이 나무라면, 사르르 눈 감는 눈꽃이 필 테지
반추상 눈꽃이 가을을 허물듯, 그가 허물 듯
나도 눈꽃과 함께 잠들 테지

철책이 달빛이라면, 불면을 거두는 잠꽃이 필 테지
소리 없이 담장을 허물듯, 그가 허물 듯
나도 잠꽃과 함께 잠들 테지

슬픈 비둘기

아무리 '엔디N.D.'를 외쳐도

아무리 깃발을 흔들어도

전쟁을 반대하는 자, 입이 틀어 막히고
손발이 잘리네

아! 슬픈 비둘기

피P와 엘L은 어디에

……

까맣게 탄 감자

감자 몇 알 숯불에 던져두고
오늘의 날씨를 뒤적이다
전생에 나라를 구했느니 못 구했느니
세상을 다 태웠느니 아니니
뜨거운 입김을 푹푹 내뿜으며
저마다 다르게 외치는 감자들 바라보네
정말, 눈 깜짝할 사이에
속까지 까맣게 탄 감자에게 눈 귀를 빼앗겨
내 속까지 까맣게 태우네

나더러

밥솥은 나더러 '잘 저어서 드세요' 하고

백로는 나더러 '똑바로 살아라' 하네

밥솥은 친절하고 백로는 짓궂으니
웃으라는 말일 테지

아니면 뭐 어쩌라고, 나더러

광란, 저항의 계절

화투를 치듯 패를 나누더니
눈동자 번뜩이는 자 누군가
그만의 광光이 그들만의 광란으로
들판에서 들판으로 번지는 광란으로
하늘을 덮으려는가
봄꽃의 목을 꺾으려는가
그러나 봄꽃이여
끝까지 두려워 말라
웃음을 놓치는 자 지는 자
판을 뒤집는 자 지는 자
광란이 넝쿨에 넝쿨, 넝쿨에 또 넝쿨을 더한들
팔아먹을 광 하나 없는 들판을 아무리 덮은들
너와 내가 다시 뿌리에 뿌리를 엮는다면
광란은 순간이요
풀꽃은 또 필 테지

찬밥
−자존심의 문제

햄버거집 갔더니
채소와 열매가 금값이라고
버거에서 토마토를 빼다네
네놈들에게 가져다 바친 게 얼만데
이렇듯 찬밥 대하듯 하는가
이건 물가가 아니라
자존심의 문제

성악설

배부른 돼지가 열매를 훔치고

똑똑한 사람이 사람을 해치네

이념은 무성하고 세월은 무심하니

훔치고 해쳐야 잘 산다고 믿는 게지

전국 일주, 1967-2024

원주 서울 부천 수원 천안 공주 계룡산 논산 이리 고창 선운산 전주 임실 구례 순천 여수 하동 진주 삼천포 충무 거제도 마산 진해 부산 울산 경주 토함산 포항 호미곶 영덕 주왕산 안동 도산서원 청량산 영월 정선 태백 신리 동해 강릉 주문진 양양 속초 한계령 신남 양구 춘천 홍천 횡성 원주

삼십칠 일, 전국 일주를 마치고

오백 씨씨, 생맥주를 마시고

우리가 정말 같은 소리로 말하는
같은 류類인지 궁금했었다고

떠들고 또 떠돌다 보니

한류에 이르기까지 한 세대가 한순간

우리가 정말 얼굴 마주보며 안아주는

같은 류인지 궁금했었다고

다시
— 시작하며
— 집 열쇠는 분홍 번호에 숨겨 두었어요
— 봄 오면 살구둑*에서 만나요

또

* 강원도 원주시 행구동

동선 비공개

묻지 마오 더 이상
묻는다고 되는 게 아니오

갇히는 게 눈물 나게 싫은 날들이잖소
말하는 게 두려운 날들이잖소

누군가 나를 불러
바람 앞에 머리를 숙이고
뚜벅 뚜벅

눈물에 눈물을 뿌리다
차라리, 가슴을 쥐어짜도 통쾌한 곳
그곳이라면 믿겠소

소리에 소리를 지르다
차라리, 지쳐 잠 못 들어도 통쾌한 곳
그곳이라면 믿겠소

묻지 마오 더 이상

묻는다고 되는 게 아니오

가슴 쿵쾅거리는 유년의 장롱 속
끈적한 손바닥 땀을 닦고

이리저리 뛰어다니는 아이의 손을 잡고
이리저리 둘러보는 안경을 손에 쥐고

이 아침, 달빛을 찾아
바람 속 신성神性에 젖어서
뚜벅 뚜벅

나는 나에게 외쳐
나를 고백하려 하오

배려의 근거

내가 지금 그대에게 머리를 숙이는 것은

내가 지금 그대에게 마음을 맡기는 것은

그대의 마음이 곧 나의 마음이기 때문입니다

우리가 곧 하나임을 철저히 믿기 때문입니다

그대를 만나야 살아갈 힘을 얻기 때문입니다

후회하는 분노

갈 길이 남았는데

손톱이 빠질듯하다

할 말이 남았는데

잇몸이 녹을듯하다

열애설雪

눈이여 오라
애정이 단단해지게
어깨를 감싸쥐고

　　　　오라

야설野雪적 낭만이여 오라
만질수록 녹아내리게
허리를 감싸쥐고

　　　　오라

겨울의 눈빛을
나는 진정 사랑하므로

　　　　눈이여
　　　　눈빛이여

낮밤을 잊어버리게
열렬히 오라

분서焚書

앓던 이 뽑아 던지듯
글과 그림을 아궁이에 던졌다

읽었다 아니다는
뒤적이지 않았다

아름답다 아니다는
뒤적이지 않았다

옛 시들이 그랬듯
글과 노래를 아궁이에 던졌다

'분서'인가 '갱유'인가는
뒤적이지 않았다

착하다 아니다는
뒤적이지 않았다

옛 일들이 그랬듯

한 줌 삶을 아궁이에 던졌다

오래된 글일수록
향 깊은 불꽃이 되었을 뿐

안다 모른다는
뒤적이지 않았다

밤새 짓는 개님

이 동네뿐이리오

매화는 아직 피지도 않았는데

임이여, 말하고픈 심정이 어디

그 마음뿐이리오

제3부

사라짐을 위한 기도

십이 월의 약속

웅크린 들판
보이지 않는, 그러나 살아 숨쉬는

　　　　핏줄

들리지 않는, 그러나 손끝에 흐르는

　　　　소리

헤어짐 앞에서
만남을 기다리라던, 그러나 봄은 멀지 않았기에

　　　　떨림

기다림 앞에서
무릎을 꿇고 손을 내밀면, 그러나 서로를 부둥켜안겠다던

　　　　약속

불멍

1.

새빨간 참숯불 지피다

나무의 피는 붉은 색이다, 바로 이 말이

황홀한 침묵을 태우다

마음을 뜨겁게 데우다

2.

너무 가까우면 데일 거야

너무 멀어져서도 안 되지

양손을 착하게 내밀고

닿을 듯 말 듯 감싸 안는 듯

겨울도 사랑도

들국화 차

들국화 피어나는 찻잔에
호랑나비 날아들고
나는 뛰어들어

내 먼저
손을 살짝 내밀면
요리조리 미소를 띄워가면

꿈꾸는 겨울 아침아
어여삐 찰랑이는 간지러움아
한 움큼 피어나는 햇살아

국화 향 넘실대는 찻잔에
호랑나비 날아들고
나는 뛰어들어

기다림

눈 덮은 산길에 나를 맡기고 가다 서다를 반복합니다.
바위 틈새로 언뜻언뜻 보이는 푸른 이끼를 만나고, 손을
내밉니다. 어디선가 들려오는 새의 지저귐에 또 멈추어 섭
니다. 고개를 돌리며 찾아보지만 새는 사라지고 소리만 남
습니다. 산길을 내려오다 계곡 쪽으로 발길을 바꿉니다.
간혹, 헤엄치는 버들치. 흐르는 물소리. 귀 기울입니다.
봄은 아직은 멀지만, 새와 물고기가 함께 노는 봄이 온 줄
알았습니다

춘분 즈음에

살구둑 논바닥에 빗물이 고이더니

까치떼 봄을 물고 날았네

달래 싹 발 빠르게 줄을 서는데

잠 깨는 물벌레 손발도 빨라졌네

매화

너는 반짝이고
나는 달려가네

종달새 불쑥
날아오르고

새하얀 배내옷
파르르 떨리네

새벽 송松

벼루를 찾아내어

묵은 먼지 털어내고

차 한 모금에

시 한 수 옮기려니

붓끝에 한 움큼

솔향 스며드는 소리

강아지풀

세월아 네월아 바람아

눈웃음 생생한 꼬마들아

손잡고 싶지만 참을래

꼬리를 살랑이는 간지러움아

야호

어느 것 하나 가릴 것 없이
또아리 풀듯 머리칼 풀어헤치는
숲의 여름과
숲의 눈빛과
숲의 사랑과
물음표 같은 느낌표

야호!

좌절은 버리고
좌표를 향하여

야호! 야호!

더 높이
더 멀리

핏대를 곤두세우고
속사정 발가벗기는

야호오! 야호오!

백일홍

속 붉은
꽃봉오리

사흘 전과 오늘이
살짝 다르다

천천히
피고 지나봐

한 마음
한 꽃대

백 일 동안
붉게

호박 찌개

꽃 피우기 전부터 알아보았지

온몸에 달라붙는 샛노란 순정

연둣빛 햇살 안고 바글거렸지

볼살 두둑한 뚝배기에 한가득

온몸을 간질이는 뜨거운 땀방울

처방전

괴상한 소문이
발목을 잡다
전두엽과 모근을 긁다 할퀴다
눈알이
풍선처럼 부풀다 터지다
소문과 소문이
꼬리에 꼬리를 물다
위장이
위 아래로 번쩍이다 쾅쾅대다
오장육부가
괴상해지다

이상 모든 증상에 아침, 점심, 저녁 식전에 한 번. "잊지
는 말아야지", 소문난 유행가 한 자락 읊조리고, 하얀 나
비 노란 나비 산호랑이 나비 따라서 바람길 숲 보물찾기

자연인을 꿈꾼다면

가볍게 부는 바람과 함께

오감五感을 골고루 뿌려주고

살지고 어여쁜 꽃씨를 심자

불평등을 견디는 우리가

꿈 꿀 권리에 물을 주고

살아 있는 모든 별들과 함께

사랑한 만큼 평등해지는 꽃대를 세우자

달걀부침

장작불 지피는 창작의 아침에

뜨겁게 그려보는 태양의 실루엣

닭님, 고맙습니다

선명해지는 햇살과 흐드러지는 젖내, 고맙습니다

제비꽃 편지

연보랏빛 수줍은 편지

보낸 이 누군지 나는 알겠네

그대와 내가 하나여서 좋아라

하루가 또 빨갛게 물들겠네

산벚꽃 사태沙汰

사태야 사태

　　　　　봄물이 잠 깨운

저 먼 남도의

　　　　　아슬한 물빛처럼

상처 뒤에 돋아나는

　　　　　뽀송한 새살처럼

산길에 흩날리는

　　　　　산벚꽃 사태야

도화몽桃花夢

분지의 달이
산을 넘네

어디서 누군가
장작불 지피는가

쉬어 가는 달빛이
꽃바람에 몸을 싣네

어디서 누군가
실핏줄 빨갛게 꽃물 들이는가

치마폭 찰랑대는 달빛이
연분홍 꿈을 꾸네

왜냐고
이유는 묻지 않았네

놀이터

채송화 뒹구는 꽃밭 옆에서

꿀 장수는 꿀벌이랑 놀고

날갯짓 살랑이는 나비 옆에서

글 장수는 꿈이랑 놀았네

꽃밥

꽃의 힘으로 살아볼까, 오늘은

치악산 한증막에서

하얀 민들레
활짝 피더니
알몸으로 달려가는
소년처럼

하루를 지켜 온 어깨와 엉덩이
뼈와 살을 위해

산길을 달려 온 손가락 발가락
손톱과 발톱을 위해

터질듯 자라나는
장난기
거침없이 유혹하는
휘파람처럼

벗어도 벗어도 부끄럽지 않은
하루를 위해

이만큼 달려 온
시를 위해

뜨겁게 남기는 한 마디

시~원하다!

목화밭

목화솜 살찌는 살구둑* 언덕에
귀향하는 철새들 종종걸음 멈추네
누가 먼저랄까 서로를 부르네

송이송이 터지는 목화솜은
백일 아기 볼살 같은 선물 보따리
너와 나, 다 예쁜 꽃이라고
하루하루가 다 예쁜 날이라고
이마를 들이대는 달콤한 고백

가을볕 아래 빛나는 눈 맞춤이
허리가 굽어가는 어깨를 감싸주네
누가 먼저랄까 코끝이 찡해지네

* 원주시 행구동

100

돌탑을 쌓은 이

돌탑을 쌓은 이 누구인지
이름이 무엇인지
무엇을 좋아했는지
누구의 친구였는지
궁금해 할 필요 없지
숲길을 지켜온 돌의 영혼이려니
숲의 심장이 떨리는 고동이려니
답이 따로 없지
돌탑이 곧 당신이려니

사라짐을 위한 기도

    – 한로寒露 즈음에

  텃밭에 찬 이슬이 내리자마자, 개구리들 대부분이 땅속 어딘가로 사라졌다. 겨울잠을 자려는 것이다. 그 중 한 마리가 아직 떠나지 않고 부레옥잠 밭에 남아 있는데, 보기로는 건강하다 –그래! 아직 부레옥잠 꽃도 남아 있고 하니, 부디 잘 먹고 잘 놀다 가시게나…… 괜찮아. 봄은 또 오잖아.

비누

빨래를 하다가
비누칠을 하다가
매콤한 이야기를 떠올렸네

– 내 몸 잘 꾸미면 뭐 해요. 자식이 잘 나야지

아무렇지도 않은 듯 앉아 있지만
점점 작아지는 몸집

문득문득
어머니를 닮았네

부부

한 번 묶이면 백 년도 짧은 매듭

잠에서 깰 때마다
하나의 바람이 되고, 하나의 답이 되는

해가 뜨고 질 때마다
건너편 사라지고, 한 편이 되는

꽃이 피고 질 때마다
안과 밖이 만나고, 하얗게 닮아가는

철새가 오고 떠날 때마다
몸 비비며 기대어 한 곳으로 향하는

부부라는 말

한 번 묶이면 천 년도 짧은 매듭

종말론

– 선 조치 후 보고

땡땡땡!

아내가 치는 밥종 소리

선 조치 후 보고 하라

생각은 접고 다리는 달려야지

아니라면, 무엇으로

지구의 종말을 막겠는가

팔불출

참말로 바보일 테죠
괜한 속을 드러내자니
얼굴만 빨개졌어요

별것도 아닌 삶을, 참말로
별것도 아닌 놀이가
한 편 글이 되고
한 묶음 책이 되었어요

고마워요
빈자리는 그대를 위한 거예요
그대가 채우면 좋겠어요

졸고에 붙여

인간이기 때문에

서양의 이원론적 · 이분법적 사고로 인한 인간중심주의는 인간의 행복을 위해 자연을 파괴하는 문제를 야기하였다. 유학자들의 전통을 따를 때 철학은 각 시대가 당면한 해결해야 할 문제, 우환憂患의 내용이 무엇인지를 식별하고 근본 해결책을 제시하는 데서 시작하여야 한다.

그렇다면 먼저 현대 산업사회가 직면한 환경문제에 대해 그 원인을 엄밀히 살펴야 할 것이다. 문제점이 발견되고 새로운 가치관이 요구된다면 잃어버린 생태적 가치관을 재발견 하거나 창조해야 한다.

서구의 환경론과 생태주의는 그 반성과 해결책을 제시하는 데 일정한 역할을 담당해 왔다. 그러나 기술주의적 사고에 대한 난점을 지적하고, 그 해결책으로 제시된 심층생태론은 자연생태계에만 우월적 내재적 가치를 부여함으로써 인간의 존엄성과 가치를 부정하는 듯한 양상을 초래하였다.

그런가하면 사회생태론은 인간의 이성만을 존중하고 다른 요소들은 열등한 것으로 무시함으로써, 여전히 인간과 자연을 분리하여 보는 경향 속에서 또 다른 위계와 획일화의 문제를 걱정하게 하였다.

생태주의적 환경론의 또 다른 문제는 결국 과학 기술과 산업화에 따른 문명의 혜택을 포기할 수 있어야 수용 가능한 대안이라는 것이다. 과연 현대인은 현 수준의 문명의 혜택을 포기할 수 있을 것인가?

이처럼 서구의 생태론적 접근만으로는 환경문제의 구조적 원인을 해결하기엔 역부족임을 살펴볼 수 있다. 따라서 환경위기를 극복하려면 이 두 가지 주장 중 어느 한쪽으로의 변화가 아니라 이 두 가지를 하나로 묶어주는 공통점을 찾아내는 일이 우선되어야 하겠다.

그것은 양쪽 모두가 환경 위기의 근원을 인간 중심적 자연관속에서 인간의 과잉욕구와 그로 인한 인간과 자연의 부조화不均衡가 자리 잡고 있다고 본 것이다.

율곡 이이의 경우 현대와 같은 산업사회의 폐해와 자본주의를 경험하지 않았다고 하더라도, 인간의 특징과 자연의 특징을 구별하여 각각의 고유한 역할을 인정하면서도 인간과 자연의 평화로운 어울림을 추구하고 있다는 점은 시사하는 바가 크다.

결국 조화調和란 인간 스스로 자기 존재의 깊은 내면을 성찰함으로써 날 때부터 지니고 있었던 인간 본연의 본래성을 회복하는 일에서부터 모든 문제 해결의 출발점을 설정해야 할 것이다.

또한 사사로운 욕구와 욕망을 넘어섰을 때 현대적 의미의 정의正義라는 사회적 함의에 도달할 수 있음을 상기한다면, 생태사회를 위한 가치 기준의 이식은 물론 실

질적 변화로 구현하는데 있어 율곡 철학에서의 인간의 의미와 역할이 보다 각별할 것으로 본다. 환경문제를 야기한 당사자는 바로 인간이기 때문이다.

자연과 인간이, 인간과 인간이 아름다운 조화를 이루고 그 속에서 시기하거나 질투의 대상이 되지 않은 채, 소박하며 안전한 자리를 마련하고자 한다면, 그 모든 것들을 사랑한다면, 언제나 눈뜨는 자리에서 바라보이는 하늘과 땅이 있고, 그 속에 들어서서 살아가는 인간 군상이 있고, 그리고 그 모든 것들은 하루하루 인간의 삶을 가능하게 하는 조건들임을 잊지 말아야 한다.

우리는 누구나 사회적 성공과 개인의 만족스런 삶을 추구한다. 그런데 그 방법은 의외로 가까운 곳에 있었던 것이다. 어쩌면 이미 우리가 알고 있는 것이었다.

필요한 것은 우리가 이미 알고 있는 가치를 다시금 인식하고 실천하는 것이다. 그런 후에야 생태론의 가치 체계적 접근을 통해 인간과 자연의 상생 조화를 생각하는 가치관의 전환을 모색하고, 자본주의 경제 체제의 문제점이 환경 파괴를 낳은 주범일 수 있다는 점에 주목하여 사회 경제 체제적 접근을 통해 환경 파괴를 막는 제도적 장치를 마련하는 사회 구조적 노력과 시민사회 단체의 자발적 운동의 확산을 장려하는 등의 해법을 제안하는 것이 가능할 것이다.

---

* 졸고, 「환경문제에 대한 율곡 철학의 도덕론적 접근」 부분, 『한국철학논집』 제43집, 한국철학사연구회(2014)에서 발췌.

십이 월의 약속

초판 1판 1쇄 인쇄 2024년 10월 20일
초판 1판 1쇄 발행 2024년 10월 24일

지은이 원 교
발행인 김소양
편 집 권효선
마케팅 이희만

발행처 ㈜우리글
출판등록번호 제321-2010-000113호
출판등록일자 1998년 06월 03일

주소 경기도 광주시 도척면 도척로 1071
마케팅팀 02-566-3410 **편집팀** 031-797-3206 **팩스** 02-6499-1263
홈페이지 www.wrigle.com

ⓒ 원교, 2024

값은 표지에 있습니다.

ISBN 978-89-6426-113-2   03810

잘못 만들어진 책은 구입하신 서점에서 교환해 드립니다.